# INHALT

Grelles Scheinwerferlicht.
So ist's gut, Eichi!
Beim nächsten Mal noch etwas frecher, bitte!
Genau!
Der wohltuende Klang des Auslösers.
KNIPS
KNIPS
Die vielfältigen Outfits, die einen anderen Menschen aus einem machen.
Gut so!
Kommt dies alles zusammen, kann ich ich selbst sein.
Wenn nur ...
Take.1

... dieser Typ nicht wäre.
Ich konnte seinen Blick noch nie ausstehen.
SCHLUCK
Es ist, als würde er alles durchschauen.
Als stünde ich völlig nackt vor ihm.
KLAMMER
Als wolle er damit sagen ...
Du bist ein bisschen steif, Eichi.
Eine Pose möchte ich noch, okay?
... er kenne mein wahres Ich.

Ich bin wirklich froh, dich als unser Image Model ausgewählt zu haben, Senpai*.
Kaum jemand trägt unsere Outfits auf so coole Weise wie du.
Wobei ich ja ...
... die Designs der heutigen Stücke extra auf dich angepasst habe.
*Anrede für ältere Schüler, Studien- und Arbeitskollegen
Hör auf, mich Senpai zu nennen!
Wir arbeiten hier.
Der Pony ist zu lang.
Was?
Dann darf ich dich also außerhalb der Arbeit so nennen?
KUSCH
KUSCH
SCHWUPP
Du nervst!
...
Hey ...
... komm schon, Eichi! ♥
...
Tun wir's!
STREICH

Vergiss es! Wir sind hier nicht allein.
Die sind erst mal alle mit dem Abbau beschäftigt.
Und die Stylisten besprechen sich in einem anderen Raum.
Wann kommen sie wieder?
Du bist echt widerlich.
In zwanzig Minuten. ♥
Du hast zehn Minuten.
Mehr lasse ich ...
PACK
Mh ...!
LECK
SCHMATZ
Mh ...!
Warum ausgerechnet du ...?
Dich wollte ich doch ...
Mh ...
KLATTER
Huff ...
Mh ...
KLATTER
... niemals wiedersehen!

Zehn Jahre zuvor ...
DING
DONG
DANG
DONG
Akki, wir sind wieder in derselben Klasse! Juchhu! ♥
Ist das Armband aus der neuen Kollektion von Vivean? Sieht hübsch aus.
Ja, nicht wahr? ♥
Na ja ...
Das hat mir mein Vater zum Geburtstag geschenkt. ♥
Du hast ihn angebettelt, es dir zu kaufen, gib's zu.
Ha ha ha! Du hast mich durchschaut.
Leider steht es dir überhaupt nicht.
Gut, ich überprüfe jetzt die Anwesenheit.
Für mich wurde bereits alles arrangiert, sodass in meinem Leben alles rund laufen wird. Auch ohne eigene Ziele.
Arai!
Anwesend!
Der heutige Tag vergeht genauso wie jeder Tag meines tristen Alltags.
Wenn das Leben so langweilig ist ...
... könnte ich genauso gut tot sein ...
Shimizu!

RAUN
RAUN
Was denn? Kommt er gleich am ersten Tag zu spät?
Ein Schulwechsler?
War in unserem Jahrgang jemand namens Shimizu?
RUMS
RAUN
RAUN
KNARR
Ah!
Ich bitte um Entschuldigung.
Bitte machen Sie weiter.

Was ist das?
Seine Ausstrahlung ...
Außerdem ...
SCHWUPP
... hab ich das Gefühl ...
... ich hätte ihn schon mal irgendwo ...
Shimizu, wollen wir zusammen Mittag essen?
KYAH
KYAH
Ja, lass uns zusammen zum Kiosk gehen!
...
KLATTER

Ist er neu an unserer Schule?
Was für ein unsympathischer Typ ...
Nein.
Er war ein Jahr über uns.
Er muss das Jahr wiederholen, weil er zu oft gearbeitet hat.
Hä?
Gear-bei...?
Stimmt ja!
FLAPP
FLAPP
FLAPP
Jetzt weiß ich's wieder!
Hach ...
Kein Wunder ...

WUMM
Du kriegst Ärger ...
... wenn du dabei erwischt wirst!
Was soll das?
Erschreck mich nicht so!
Keine Sorge, ich petze nicht.
Wer bist du?
AUSDRUCK
Wie gemein! Ich sitze doch neben dir.
Ich bin Akino. Akino Kubo.
Hä?
Ich kenn dich nicht.
Ich hoffe, wir werden uns gut verstehen, Senpai.
Hach ...
...
SST
JACK
FLAPP
!

Macht das Modeln Spaß?
JACK
Warum muss ich mich von dir mit Fragen löchern lassen?
Nur so.
Ich bin einfach neugierig!
...
Weißt du ...
Ich möchte ab nächstem Jahr eine Ausbildung im Modebereich machen.
JACK
Ach? Du willst in der Branche arbeiten?
Als Designer?
Genau!
Aha ...
Ist ja toll. (trocken)
Find ich auch!
Ich wünsche mir, dass meine Kleider von jemandem ...
... wie dir getragen werden, Senpai.
Ha ha ...
Ha ha ha.

PACK
Du weißt doch gar nichts über mich. Da könnte ich kotzen.
Das sollte nur ein Lob sein. Ich finde, es gibt kein besseres Model ...
... als dich.
Bist du nur hergekommen, um mir das zu sagen?
Woher wusstest du, wo ich bin?
Ja, und?
Du hast ein bisschen nach Zigaretten gerochen.
Da dachte ich, vielleicht bist du hier, und ich hatte recht.
Ist der ein Hund?
Ich würde mich ja für deinen begeisterten Scouting-Versuch bedanken ...
... aber meine Zeit ist mir zu schade, um sie mit Amateuren zu verschwenden.
QUIIIE

Fantastisch!
KLATTER
Die Gespräche sind eine wertvolle Gelegenheit, über eure künftige Laufbahn nachzudenken!
Eltern-Schüler-Gespräch
(Wir nehmen teil / nehmen nicht teil
KLATTER
Gebt die Zettel unbedingt euren Eltern!
Verstanden?
Jahaa!
Ihm den Zettel zu geben, ändert auch nichts ...
Auf Wiedersehen, Herr Lehrer!
SST
?
KNÜLL
Ah ...

DADDEL
DADDEL
Hey, Kubo! Darf ich bei dir die heutigen Mitschriften abschreiben?
Klar, wenn du mich nach der Nachhilfe zum Essen einlädst.
Ha ha!
Menno!
Dann bitte ich eben Rika.
Ich bin im Moment blank.
Wenn du bei Rika bist, macht ihr doch eh nur das eine.
Ha ha ha!
Klar, was auch sonst?
Warum hast du es ihnen nicht gegeben?
Ach, na ja ...
Diese Stimme ...
Was ist los?
Du befindest dich in einer wichtigen Lebensphase.
Ich will eh mit dem Modeln weitermachen.
Oder haben Sie damit irgendein Problem?
Oho ...

Senpai!
Du schon wieder?
Du widerst mich an. Bleib bloß weg!
Du hast was ver-loren.
Wieso ... hast du das?
Du musst besser aufpas-sen.
So was Wichtiges darfst du nicht ver-lieren.
Du hast mich gese-hen?
DOMP
Ts!
Der muss seine Nase auch über-all rein-stecken.
RASCHEL
Ich hab die Ange-wohnheit, meine Um-gebung gut zu be-obachten.
Ich habe ...
... das Gespräch zwischen dir ...
... und unserem Lehrer mit-bekom-men.

Ich hab den Zettel meinem Vater auch nicht gegeben.
Ich hätte ihn ihm einfach hinlegen können ...
... aber deine of-fene Ver-weigerung hat mich echt beein-druckt.
Das geht dich nichts an.
Weißt du ...
... alle in meiner Familie sind De-signer.
Für mich war es schon selbst-verständ-lich, diesen vorbereite-ten Weg zu beschrei-ten.
Ah ...
Aber tat-sächlich liebe auch ich Mode.
Ich möch-te coole Klamotten entwerfen.
KRMPF
Wenn ich daran den-ke, dass mir das quasi ...
... in die Wiege gelegt wurde, bezie-hungsweise, dass mir von meinem Um-feld einge-impft wurde, so zu emp-finden ...
... er-scheint mir alles so bedeu-tungslos.

Hör mal …
Keine Ahnung, was für einem Missverständnis du aufgesessen bist …
… und es kotzt mich an, dass du grundlos irgendwelche Sympathien für mich zu hegen scheinst.
Der Weg, der dir bereitet wurde, soll bedeutungslos sein?
WUPP
Dann mach halt was anderes, wenn es was gibt, das du machen willst!
Senpai.
Alles zu bekommen, ohne dafür etwas tun zu müssen, ist purer Luxus.
Geh mir bloß nie wieder auf die Nerven!
SCHNAPP
Senpai!
Bitte hör mir bis zum Ende zu!

Ich fragte mich, ob ich trotz meiner Bedenken so weitermachen und Designer werden soll.
Da bist du plötzlich aufgetaucht.
Mir kam der Gedanke, dass es sich lohnt, Designer zu werden, wenn ich dann Kleider entwerfen kann ...
... die zu jemandem wie dir passen, den eine so reine Ausstrahlung umgibt.
Was soll das? Ist ja gruselig!
Hör auf zu träumen.
Ich bin nicht so toll, wie du vielleicht ...
Du hast mir den Atem geraubt!
Ist mir egal, ob dich das anwidert.
Du kannst so angewidert sein, wie du willst.
Das ist Grund genug.
Ich will für dich ...

Außerdem ...
... ist es die Aufgabe anderer, den Charme eines Models voll zur Geltung zu bringen, oder nicht?
Du hast kein Recht, deinen eigenen Wert festzulegen, Senpai.
DRÜCK
...
So sehr gefalle ich dir also?
Ja, ziemlich ...
Designer werden zu wollen, um nur für mich Kleider zu entwerfen, klingt nach einem ziemlich platten Grund.
Das ist egozentrisch und überheblich. Ich finde ja, du solltest der Realität ins Auge sehen.
Ich meine es ernst.
Wirklich.
...
Dann beweise es!

Hol dir einen runter!
Hä?
Hier und jetzt!
Se...
Senpai ...
Du warst doch so bezaubert von mir, dass es dir den Atem geraubt hat, oder nicht?
Ich gefalle dir doch so gut.
Wenn du mir den Beweis lieferst, werde ich dich unterstützen.
Und falls du wirklich Designer wirst (lol) und ich dann immer noch modele, ziehe ich so viele von deinen Outfits an, wie du willst.
Ernsthaft?
Ist doch eine super Bedingung.
Ich nehme dich beim Wort ...
KLACK
KLACK
KLACK
...!

RUBB
...!
... ♥
Senpai ...
RUBB
Er macht es ...
Hah ...
... wirk-lich?!
Hah ...
!
PACK
Schau richtig zu!
Hah ...
GUTSCH
Hah ...
GUTSCH
Ich ma-che das schließ-lich für dich.
Senpai ...
...!
Hah ...
GUTSCH
Hah ...
GUTSCH
Ei...
Hah ...
GLITSCH
BABUMM
Hah ...
GUTSCH
...chi ...
BABUMM

KLACK
…!!
WUMMM
Se…
Senpai?!
KLACK
Nenn mich nicht Senpai!
Sag meinen Namen!
KLACK
ZIPP
Sen-pai …
… was ist denn in dich gefah-ren?
Warte …
Ruf …
REIB
Na los …!
Du hast doch Gefal-len an mir gefunden, stimmt's?
Ah!
GUTSCH
Warte!
Beweg dich noch …
Ah!
… nich…
GUTSCH
GUTSCH
GLITSCH
Wah!
… mei-nen Na-men …
REIB
PRESS
… noch viel öf-ter!
Uwah!
GUTSCH
REIB

Hah ...
Ah ...
Hah ...
FLUTSCH
Ah ...
GUTSCH
GUTSCH
Hah ...
Senpa...
FLUTSCH
Na so was ...
GUTSCH
GUTSCH
GUTSCH
Hah ...
GUTSCH
Er kann also ...
Hah ...
Hah ...
GLITSCH
... auch so ein Gesicht machen.
Wie fühlt sich das an ...
... Kubo?

DONK
?!
PACK
...!
Willst du ...
... etwa ...?
Zeig mir ...
... noch mehr von deiner schmutzigen Seite ...
STREICH
... Senpai!
ZUCK
REIB

TSCHUPP
Uh ...
TSCHUPP
TSCHUPP
GITSCH
DRÄNG
A...
Aua!
STICH
Kubo!
Das tut w...
In deinem bleichen, leidenschaftslosen Gesicht werde ich ...
Eichi ...
... noch viel ...
... viel mehr ...
... Emotionen zum Vorschein bringen.

Hah ...
Sen-pai ...
SCHMATZ
Hah ...
Was?
Sag auch meinen Namen!
SST
Hah ...
Hah ...
...
Hah ...
Will ich nicht.
Ich möchte ...
KÜSS
Ah ...
KÜSS
... ihn noch mehr ...
... beschmutzen ...
... und ihn in die Farben meiner Leidenschaft einhüllen.
Hah ...
Hn ...
Ah ...

DING
DONG
STREICH
RUTSCH
DOSCH
ZZZ
MURMEL
Man beschädigt das Arbeitsgerät anderer Leute nicht!

LINS
TULULULU
TULULU
KLICK
Die von Ihnen gewählte Rufnummer ist zurzeit nicht vergeben.
WUSCH
Danach ...
... kam er nicht mehr zur Schule.

Stattdessen ...
... stieg seine Präsenz als Model in Zeitschriften und Werbespots.
Er sicherte sich einen festen Platz in der Branche, sodass es trotz wechselnder Jahreszeit ...
... bald keinen Zeitraum mehr gab, in dem ich ihn nicht irgendwo sah.
Unser Versprechen wurde zu meinem Lebensinhalt.
Ich predigte mir immer wieder selbst, dass ich mit Lebensumständen gesegnet bin, die es mir ermöglichen, auf die Erfüllung dieses Versprechens hinzuarbeiten.
Um ein richtiger Designer zu werden, widmete ich mich voll und ganz meiner Ausbildung.
Mein Umfeld riet mir dazu, nach meinem Abschluss bei der Marke meines Vaters zu arbeiten ...
... doch das lehnte ich in aller Höflichkeit ab.
Ich bewarb mich bei einer führenden Modemarke in New York ...
... fing ganz unten an und sammelte von der Pike auf Erfahrung als Designer.

In der Gegenwart ...
Na ja ...
Ich bin ab heute der neue Chief Designer hier bei Gallant Quartz.
Einige hier kennen mich sicher bereits.
Mein Name ist Akino Kubo.
Sehr erfreut.
Bisher lag der Fokus unseres Unternehmens auf der Damenmode, doch der Inhaber beabsichtigt, die Marke Gallant Quartz ...
... durch eine Ausweitung der Zielgruppe auf Männer in den Zwanzigern innovativer zu gestalten und dadurch ...
SST
Das können alle aus den Unterlagen ablesen.
Wir brauchen keine Einführung.
LÄCHEL
Herr Haida.
...
Ich komme gleich zur Sache.
DOMP
Hmpf ...
Würden Sie bitte Seite acht in den Unterlagen aufschlagen?

Jetzt mal langsam! Dieses Model ist absolut ungeeignet, unsere eleganten Designs zu tragen!
Er ist viel zu lasziv!
BAMM
Ach, ich finde ihn gar nicht schlecht.
Ich halte ihn für die richtige Wahl, wenn wir ein Label für Männer in den Zwanzigern etablieren wollen.
TAPP
Ts!
Wenn ich Sie bitten dürfte, mir wenigstens bis zum Schluss zuzuhören ...
... Chef.
...!
TAPP
Eichi Shimizu.
Ich empfehle ihn als Image Model für unser neu ausgerichtetes Gallant Quartz.

Take.2
!
Das ist er. Der gerade auf die Bühne kommt.
Das ist unser neuer Chief Designer.
Wieso ...
... ausgerechnet er ...?

# GOODBYE HARLEQUIN

Wir haben zum ersten Mal das Vergnügen.
Mein Name ist Haida und ich bin der Creative Director.
Jin Haida
NEXUS
Koichi Asagai
Ich heiße Asagai und bin der Manager von Eichi Shimizu bei Nexus.
Ich bin Eichi Shimizu.
Und das hier ist ...
Sehr erfreut.
LÄCHEL
Das weiß ich bereits.
In letzter Zeit reißen sich alle Marken und Magazine um Sie, nicht wahr?
Es ist uns eine Ehre, dass Sie sich für unser Unternehmen entschieden haben, wirklich.
Haben Sie vielen Dank!
VERBEUG
VERBEUG
Der Typ ist mir nicht geheuer.
STARR
Stimmt etwas nicht ...?
Ah ...
Nicht doch.

Ich verstehe jetzt, weshalb unser Chief Designer so besessen von Ihnen ist.
...?
Also gut.
Ich hätte gerne direkt mit der Besprechung angefangen ...
... doch leider ist unser Designer noch nicht da.
Die Herbst-Fashion-Show hat ihn aufgehalten.
Wie wär's? Wollen Sie sie anschauen, wenn Sie schon einmal hier sind?
Nein, ich ...
Ja, unbedingt!
...

WOOOW!
Das sind wahre Meisterwerke!
MURMEL
Du hast solche Shows doch genauso satt!
Mpf!
Ha ha ha!
Es handelt sich um die erste öffentliche Präsentation der Men's Collection von Gallant Quartz, daher erhält sie in der Branche große Aufmerksamkeit.
Da noch keine vergleichbaren Erfolge vorliegen, ist es quasi ein Glücksspiel.
Aus diesem Grund ...
... möchte unser Unternehmen alles auf Herrn Shimizu setzen, der nach außen hin ...
... unser Gesicht repräsentieren soll.
...

Ich ziehe die Outfits ja nur an ...
Man könnte es als Hohn auffassen, wenn Sie zu bescheiden sind.
Wie bitte ...?
Schon gut.
Wir erwarten uns wirklich viel von Ihnen.
Sie besitzen die Fähigkeit, jedes Kleidungsstück, das Sie tragen, perfekt erscheinen zu lassen.
Dafür sind Sie berühmt.
Ah!
Da kommt er. Das ist er.
Der gerade auf die Bühne kommt.
Das ist unser neuer Chief Designer.
...!

Akino Kubo.
Er wird die allgemeine Leitung über die Designs für das Men's-Label von GQ haben.
Wie- so ...
... ausge- rechnet er ...?
?
Sie mei- nen, wieso er für uns arbeitet? Nun ja ...

Er ist der Sohn des Firmen-inhabers.

Was halten Sie von diesem Betrag für ein Jahr?
So viel?!
...
Hätte ich gewusst, dass Herr Kubo für Sie arbeitet ...
... hätte ich Ihr Angebot ehrfürchtig abgelehnt.
Hey, Eichi!
Sind Sie und Herr Shimizu sich bekannt?
Hm?
Nein.
Ich habe mich nur in seine Fotos in den Magazinen verliebt!
...

Für solch eine Summe erwarten Sie sicherlich eine entsprechende Leistung.
Wie sehen Ihre Bedingungen aus?
Es gilt erst mal für ein Jahr.
In dieser Zeit möchten wir Sie exklusiv unter Vertrag nehmen.
Das ist alles.
Wir bitten Sie jedoch, Abstand von Modeltätigkeiten für unsere Konkurrenz und Magazine zu nehmen.
Von Fernsehauftritten oder dergleichen werden wir Sie nicht abhalten.
LINS
Im Gegenteil. Gerade da jemand wie Sie exklusiv für uns arbeiten wird ...
... wollen wir Sie aktiv in den Medien und auf Events auftreten lassen.
Was halten Sie davon?
Falls Sie noch andere Wünsche haben, versuchen wir sie zu berücksichtigen.
Nein.
Im Moment sind wir wunschlos glücklich.
LÄCHEL
Dann ...

... freue ich mich auf unsere Zusammenarbeit ...
SST
... Eichi.
Was führt der Kerl im Schilde ...?
...
Ich muss Sie gleich überrumpeln ...
Nächsten Monat soll eine Zeitschrift mit einem Special über unsere Kollektion erscheinen.
KLATTER
Wollen wir gleich mit den Vorbereitungen beginnen?
...?

Ich freue mich, dich nach all der Zeit wieder-zusehen.
Meine Laune ist auf dem Tief-punkt.
Waaas?
Wie fies!
...
Sag, Senpai ...
... erin-nerst du dich noch an das Ver-sprechen ...
... das du mir damals gegeben hast?
Keine Ahnung, was du meinst.
Ver-stehe ...

Du warst von einem auf den anderen Tag verschwunden ...
... und ich konnte dich nicht erreichen.
Das war ein ziemlicher Schock ...
... für mich.
Ach ja?
Na ja ...
Immerhin hat es mich motiviert, meine Einstellung zu überdenken, und ich habe es allein dahin geschafft, wo ich heute stehe.
Deine Einstellung?
Hah!
Letztlich bist du ja doch nur im Unternehmen deiner Familie geendet.
Dabei hast du damals rumgeheult, wie sehr dir das widerstrebt.
Daran erinnerst du dich also noch?
...
SST
KNEIF
Ach ...
ZUCK
WUSCH

Nun ja, meine Denkweise hat sich geändert.
Das ist jetzt auch schon zehn Jahre her.
...
Ein gewisser Jemand hat mir die Augen geöffnet. Ich habe erkannt, dass ich mir das, was mir geschenkt wurde, zunutze machen muss.
ZIEH
Es hat wirklich lange gedauert ...
... aber mein innigster Wunsch, dich meine Kleider tragen zu lassen, hat mich hierhergebracht.
ZUCK
TATSCH
RUMS
Sag mal ...
... warum bist du so auf mich fixiert?
Find ich ziemlich strange!
Fixiert ...?

Ich habe keine Ahnung, wie es ist, sich zu verlieben ...
... oder für jemanden Feuer und Flamme zu sein. Deshalb fällt es mir schwer ...
Aber wenn ich ein Beispiel nennen müsste ...
... mit Worten zu beschreiben, was ich für dich empfinde, Senpai.
Es ist so, wie wenn man intuitiv weiß, welche Innenausstattung perfekt zu einem Raum passt ...
... oder ...
... auf welchem Teller ein Gericht am appetitlichsten aussieht ...
... oder zu wem ein Kleidungsstück am besten passt. So was in der Art.
Außerdem ...
... kommt es dem Gefühl, etwas unbedingt besitzen zu wollen, sehr nahe, schätze ich.
Das kapier ich nicht.

Als ich dich zum ersten Mal sah ...
... habe ich zum ersten Mal diese Aufregung gespürt.
Ich ...
... wollte unbedingt, dass du meine Kleider trägst. ♥
Du solltest es langsam kapiert haben, oder?

Nein, sicher hattest du schon während der Besprechung eine Ahnung.
WEICH
Dass die »Bedingung« ...
... die ich dir nannte, nicht die einzige sein kann.
NÄHER
In dieser Branche gibt es schräge Typen wie Sand am Meer, aber du schießt echt den Vogel ab.
DONK
Ah ...
Meinst du?
Du kannst mir Vorträge über Ästhetik halten, so viele du willst, das ist mir zu hoch.
Lass mich erst mal darüber nachdenk...
SST
Ich konnte es vorhin nicht sagen, weil die Störenfriede dabei waren ...
... aber es gibt noch eine Bedingung ...
... die ich dir stelle.

Lass mich ...
... mit dir schlafen.
BATSCH
Es ist schäbig, hinterher neue Bedingungen zu stellen!
Autsch!
Deine Vorgesetzten in der Künstleragentur werden nicht zulassen, dass du es in den Wind schlägst.
Kann sein. Trotzdem.
Dir mag es widerstreben, aber es ist doch ein verlockendes Angebot, oder?
Und sollte rauskommen, dass ihr Goldesel und aktueller Frauenschwarm Eichi Shimizu ...
... in seiner Schulzeit Sex mit einem männlichen Klassenkameraden hatte ...
... wird das bestimmt für Zündstoff sorgen, meinst du nicht?

Willst du mich erpressen, oder was?
Nein.
Es geht nur ums Business.
STREICH
Ich habe mich die ganze Zeit gewundert ...
SCHIEB
REIB
REIB
... warum du damals wolltest ...
... dass ich deinen Namen rufe.
Ah, mir reicht's ...
Der Sex mit mir hat dich ...
... total geil gemacht, stimmt's?
Seinetwegen kommen lauter unliebsame Erinnerungen wieder hoch.

DOSCH
Autsch!
Ich hab kapiert, mit was für schmutzigen Methoden du vorgehst!
?
?
SCHMERZ
SCHMERZ
Seine Art ...
Wenn du unbedingt Sex mit mir willst, spiele ich eben mit.
Aber ...
... es ist nur »Business«.
Das hast du selbst gesagt.
An unserer Beziehung ändert das nichts. Wir haben Sex. Nicht mehr und nicht weniger.
Klar?
... rücksichtslos die Gefühle anderer aufzuwühlen ...
... und zu reden, als würde er alles durchschauen ...
Und eine letzte Bedingung habe ich noch:
PRESS
... geht mir gewaltig auf den Sack.

Ich werde euer Aus-hängeschild und dein Sex-spielzeug sein ...
... also sieh zu, dass du die Spitze der Branche er-reichst.
Sonst ist das kein fairer Deal.
...
Hi hi ...
Ha ha ha!
...?
SST
...!!
Auf diese Worte ...
Aufnahme läuft
00:22:17
... habe ich ge-wartet.

So ist es für uns beide eine Win-win-Situation, nicht wahr?
Seit wann zeichnest du das auf?
Seit wir hier sind.
Lösch das sofort!
WAPP
Och ...
Will ich aber nicht!
Sonst tust du nur wieder so, als könntest du dich nicht erinnern, stimmt's?
Du bist eben ein Lügner, Senpai!

Wie lief es?
Bei der Show ging es recht lebhaft zu.
GLUCK
GLUCK
GLUCK
Das meine ich nicht.
Ach ...
Meinst du Shimizu?
Tja ...
Ich habe ihn schon oft aus der Ferne gesehen ...
KNARR
... aber verglichen mit seinen Fotos in den Magazinen ist er, wenn man persönlich mit ihm spricht, irgendwie ...
... leidenschaftslos ...
... würde ich sagen.
Hä?
Außerdem ...
... kam mir zu Ohren, dass er ein sehr umgängliches Model sein soll ...
... doch diesen Eindruck machte er auf mich nicht.

Ob das wirklich gut geht?
Na ja.
Bisher hatten wir nur eine Besprechung, daher kann ich ihn nicht genauer einschätzen.
Mich beschäftigt mehr die Frage, warum Akino so vernarrt in ihn ist.
Früher war er nie so passioniert. Was ist wohl in ihn gefahren?
RIESEL
Wer weiß.
Ich habe ihn wirklich zum ersten Mal so ausgelassen gesehen.
So sehr von einer einzelnen Person eingenommen zu sein, ist fatal für einen Designer, auf dessen Schultern die Zukunft einer Marke ruht.
KNARR
...
Da stimme ich dir zu.

RUMS
Uh ...
Hn ...!
RUMS
GLITSCH
Mh ...
RUMS
RUMS
GLITSCH
Ha ha ... Du bist echt eng ...
GLITSCH
War hier seit damals ...
GUTSCH
RUBB
GUTSCH
RUBB
Huff ...
PAMM
... nie-mand mehr drin?
Uh ...
PAMM
Ach ...
Du kannst gerade nicht reden, was?
KLATTER
...!
Sorry.
KLATTER
....!
Hah ...
Ich fand damals schon ...
...?
... dass du es ab-solut nicht draufhast.
Es tut weh.

ZUCK
SCHWUPP
Ach ...?
GUTSCH
GUTSCH
GUTSCH
Dafür bist du aber ganz schön hart. Wie kommt's?
Schnauze!
Oh ...?
GRABB
GUTSCH
Mh ...
Huff ...
Mh ...
SST
ZUCK
Hn ...!
TSCHUPP
TSCHUPP
ZUCK
Ah!
Hah ...
...?!
ZURR
SCHIEB
Was soll das werden ...?!
Wenn du hier abspritzt, gibt es eine Sauerei.

DRÜCK
SCHMATZ
LECK
SAUG
SAUG
ZUCK
SAUG
Hah ...
SCHMATZ
Ah ...
ZUCK
Wenn du ...
... Knutsch-flecken hin-terlässt ...
... mach ich dich kalt!
SCHMATZ
SCHMATZ
Hah ...
Hah ...
SCHMATZ
Mhm ...
Keine Sorge.
Ich mach nur da wel-che, wo man sie nicht sieht.

SCHMATZ
SCHMATZ
TSCHUPP
SST
ZUCK
BABUMM
?!
Hn ...
War...
Nicht in den Mund ...!
SCHAUDER
SCHLUCK
SCHAUDER
BABUMM
BABUMM

Hah …
SST
Hah …
Hah …
Hah …
…?
Hä?
Wo gehst du hin?
Zur Toi-lette. Wieso?
…
Hah …
Hä?
Du bist doch noch gar nicht fertig.
Ich dachte, du wolltest das volle Programm durchzie-hen.
Na ja …
Eigent-lich schon, aber …
Hah …

Du bist immerhin unsere Ware.
Ich dachte, noch mehr darf ich dich nicht beschmutzen.
Nachdem du schon so weit gegangen bist?
Hä ...?
So was ausgerechnet aus deinem Mund?
TAPP
TAPP
PACK
Ich lass mich doch nicht zur Selbstbestätigung deines Egos benutzen!
Dass du allein die Oberhand behältst, kannst du vergessen!
Setz dich!
Hä?
Jetzt mach schon! Setz dich hin, verdammt!

KNARR
Senpai ...
War...
ZIPP
Warte!!
Mh ...
TSCHUPP
Hn ...!
TSCHUPP
Hah ...!
Mh ...
I...
TSCHUPP
Ich komme ...!
Hff ...
TSCHUPP
SPRRZ

Damit steht es unentschieden.
Das hast du jetzt davon, Perversling!
Aaah ... Mensch ... Wieso machst du denn so was?
Ich hatte immer eine Sterbensangst davor, zu jemand anderem eine Beziehung zu haben, die die eines »Bekannten« übersteigt.
Würde ich das zulassen, würde ich wieder etwas zerstören, das mir lieb und teuer ist.
Wenn es jedoch so weitergeht ...
... wird dieser Kerl ...
Da will ich dich doch gleich noch mehr!
... diese Grenze übertreten.

Ich habe immer ...
... alles bekommen, was ich mir wünschte.
Das ist ab heute dein Zimmer. Mach's dir gemütlich.
Sag einfach Bescheid, wenn etwas sein sollte.
Ich hoffe, wir verstehen uns gut, Bruder.
Hä?
Wer ist hier dein Bruder?
Doch ...
... nichts davon konnte den Menschen ersetzen ...
Hey!
Sag doch so was nicht, Terumi!
... den ich wirklich an meiner Seite haben wollte.

Dieser Akino ist doch das Kind aus Herrn Iwasas Affäre, oder?
Ach herrje. Tatsächlich?
Außerdem ist seine Mutter bereits ...
Das Mitleid und die neugierigen Blicke meines Umfelds haben mich immer angekotzt.
Der Ärmste.
Das war selbst zu Hause nicht anders.
Um sich mit mir gutzustellen, wurde ich mit Geschenken überhäuft, selbst wenn ich mir gar nichts wünschte.
Von diesem Alltag war ich wie betäubt. Bis zu jenem Tag ...
Endlich ...
... hatte ich es gefunden.
Mein Verlangen danach ...
Etwas, das ich von niemandem geschenkt bekam ...
... und wobei mir meine Gefühle allein nicht weiterhalfen.
... war unheimlich stark.

Ich ...
Grabinschrift
... werde nicht auf-geben, so wie du ...
Familie Kubo
... Mutter.

Ein Contest?
Ge-nau!
Es geht diesmal nicht um den übli-chen ...
... firmen-internen Wettbe-werb ...
... son-dern einen großange-legten De-sign-Contest, in den auch Mitbewerber einbezogen werden.
Warum ausge-rechnet jetzt? Wir haben schon genug zu tun.
Ach, sei nicht so.
Die Kon-kurrenz auch?
Er trägt den Namen »Gem Collec-tion«!
Kurz »Gem-Coll«!
»GColl« geht auch.
Klingt gut.
KNUSPER
Er ist ja schon Feuer und Flamme ...
Hah ...

Ich will damit einerseits Werbung für unser Unternehmen machen und gleichzeitig etwas frischen Wind in die Modebranche bringen.
Mit dem Inhaber habe ich bereits alles besprochen.
Oooh!
Das klingt spannend!
Sagt mal ...
Wenn wir schon so was veranstalten ...
... wäre es doch langweilig, wenn die Designer einfach nur ihre Entwürfe präsentieren.
?
SST
Wie wäre es, wenn wir Models oder Promis an der Design-Anfertigung teilhaben lassen?
Wie bitte?
STAUN
In dieser Größenordnung ist das ...
Das ist gut! Wie innovativ!
Ts!
...
So wird der Contest deutlich mehr Aufmerksamkeit bekommen.

Zunächst einmal müssen wir Marken und Designer für die Teilnahme gewinnen.
Alumina
Beryl
Carneli an Bear
Jacob
GallantQuartz
Argnent lui
Anschließend müssen, abhängig davon, wer mit wem zusammenarbeiten möchte ...
... Termine mit den Models und Talents abgestimmt werden.
Und schließlich ...
... muss auch für diejenigen gesorgt werden, die keinen Preis erhalten, und das Thema Prämien geklärt werden. Dann sollte es möglich sein.
Gut, damit steht es fest!
Dann werde ich die Organisation in die Wege ...
Augenblick!
HAPPS
Es gibt viele Marken, die wie wir ein Lady's und ein Men's Label haben.
Du verstehst, worauf ich hinauswill, oder?
Dann lassen wir pro Unternehmen bis zu zwei Anmeldungen zu.
LINS
Einverstanden.

Über die teilnehmenden Models und Talents sollten wir noch Stillschweigen bewahren, bis alle unter Vertrag sind.
KLATTER
Sonst wäre es nicht fair.
Na ja.
Wen du dir aussuchst, kann ich mir schon denken.
Echt? Das weiß ich doch selbst noch nicht.
...
BATAMM
Ich hätte auch so gern teilgenommen ...
Was redest du da? Du bist doch der Veranstalter.
Du darfst bestenfalls in der Jury Platz nehmen.
Ach ja ...
Vater ...

Erinnerst du dich ...
... was heute für ein Tag ist?
Hm?
Schon gut.
Vergiss es. Ist nicht wichtig.

BWWWW
BWWWW
Mm-mmh ...
WUFF
WUFF
BWWWW
AUFRAFF
Ja ...?
STUPS
STUPS
RASCHEL
Eichi?
Was gibt's denn schon so früh am Morgen, Herr Asagai?
Freu dich, Ei-chi! Ich habe tolle Neuig-keiten!
...
Haben Sie sie gefun-den?
Ah ...
Nein, tut mir leid.
HOPS
Das meinte ich nicht.

Weiß ich doch. Das war nur Spaß.
Was gibt es?
Du hast ein Angebot für die Hauptrolle ...
... in einer Fernsehserie bekommen!
Der Regisseur ist zwar für seine schwierige Art bekannt ...
... aber seine Werke sind hoch geschätzt, also versuch mit ihm klarzukommen, ja?
...
KLAPP

Ich frage mich ...
... warum er ausgerechnet mich will.
Also weißt du, das ist doch nicht deine erste Hauptrolle.
Der Autor meinte, du entsprichst genau seiner Vorstellung. Er wollte dich unbedingt haben.
Diese Chance darfst du dir nicht entgehen lassen!
Mein Hauptberuf ist das Modeln, deshalb mag ich die Schauspielerei nicht.
Es ist die erste Verfilmung eines Werkes eines bekannten Autors und dementsprechend hoch sind die Erwartungen.
Die Geschichte gefällt mir nicht.
Wobei es das nicht ganz trifft.
Ich finde sogar ...
... dass der rohe und düstere Stil gut zu mir passt.
Es gibt da jedoch ein ernstes Problem.
Harlequin
Shohei Minamino
Liebe ...
... oder Romantik ...
... sind mir völlig fremd.
Shohei Minamino
Harlequin
Gewinner des Akutagawa-Preises
Ich habe mich zweimal selbst umgebracht.
Beim ersten Mal, um mich zu schützen.
Beim zweiten Mal, um sie zu schützen.

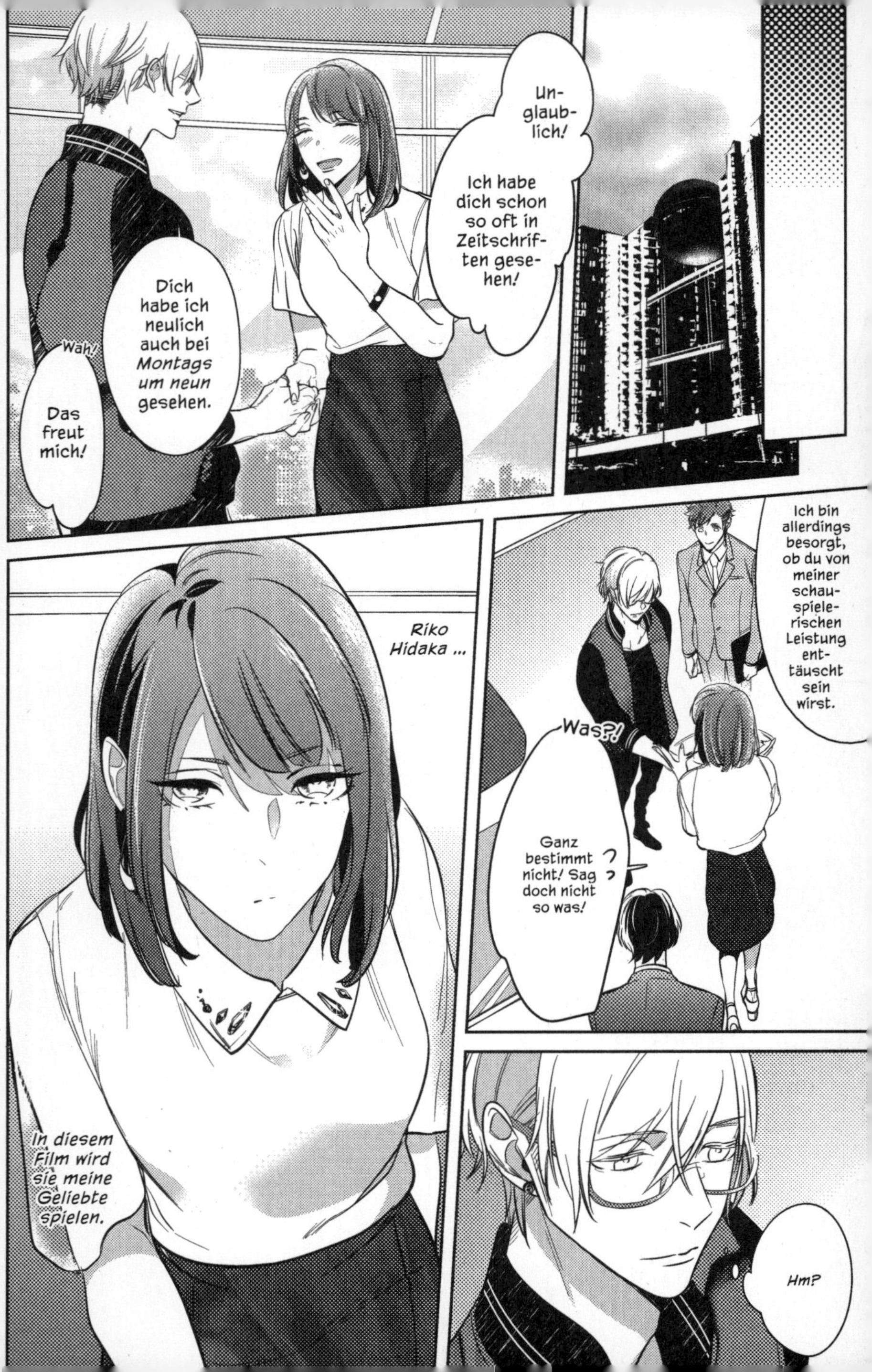

Un-glaub-lich! Ich habe dich schon so oft in Zeitschrif-ten gese-hen!
Dich habe ich neulich auch bei *Montags um neun* gesehen.
Wah! Das freut mich!
Ich bin allerdings besorgt, ob du von meiner schau-spiele-rischen Leistung ent-täuscht sein wirst.
Was?!
Ganz bestimmt nicht! Sag doch nicht so was!
Riko Hidaka …
Hm?
In diesem Film wird sie meine Geliebte spielen.

Zurzeit sieht man sie überall, womit sie mir ebenbürtig ist.
Asagai zufolge ist sie neuerdings im Ranking der »Stars, die ich mir zur Freundin wünsche«, auf den oberen Plätzen.
Über ihr Privatleben weiß ich nichts, aber zumindest sind mir keine negativen Gerüchte zu Ohren gekommen.
Wobei mich so was eh nicht interessiert.
DRÜCK
DRÜCK
Ist sie ...
LÄCHEL
... womöglich ...
Lass uns unser Bestes geben ...
... vom selben Schlag wie ich?
... Eichi.

Der viel diskutierte kontroverse Roman ...
... *Harlequin* soll nun verfilmt werden.
Donnerstags um neun: *Harlequin* erhält Fernsehserie In den Hauptrollen: Eichi Shimizu, Riko Hidaka
Eichi Shimizu (27)
Die Hauptrolle spielt das Model Eichi Shimizu.
Die weibliche Hauptrolle wird von ...
Ich möchte mich bei allen entschuldigen, dass ich diese wunderschöne Frau ganz für mich allein ...
Ist ja großartig!
Ich hab den Roman auch gelesen. Ich freu mich schon darauf!
Was dachten Sie, als Sie das Angebot erhielten?
Ich mag die Geschichten dieses Autors.
Danke ... dass du mir erlaubt hast, die Hauptrolle anzunehmen.
Hä?
Wieso?
Je öfter du im Fernsehen auftrittst, desto mehr haben auch wir davon, Senpai.

Wirke ich etwa so ...
KNARR
... besitz-ergreifend?
Ha ...!
LÄCHEL
LÄCHEL
Ich bin auch ein Fan des Regis-seurs.
TAPP
TAPP
Du kennst den?
Na klar!
Spannung, Dekadenz und Erotik!
Na?
Der Alte steht auf Unortho-doxes.
Aha ...

Senpai ...
... ich frage mich, auf welche Weise du wohl Frauen nimmst.
SST
Das möchte ich sehen.
Lass das!
KICHER
Ich mache nur Spaß.

Hör mal.
Vom Timing her passt das perfekt.
Timing?
Ja.
Ich möchte was mit dir besprechen.
Herr Asagai hat bereits sein Einverständnis gegeben.
Ich weiß von nichts. Worum geht es?
Wir halten demnächst einen Contest ab, bei dem sich Models mit Designern verschiedener Marken zusammentun und miteinander um das beste Design wetteifern.
Ich möchte, dass du mich dabei unterstützt ...
... Senpai.
Hä ...?

Das geht nicht!
KLATTER
Warum?
Ich habe nicht das nötige Gespür dafür, mir etwas ganz neu auszudenken ...
Und die Herstellung von Klamotten ...
... interessiert mich auch nicht ...
Das verlange ich auch gar nicht von dir.
Bei diesem Event kann ich etwas ganz allein für dich entwerfen.
Sonst muss ich bei meinen Designs auch immer Trends und die Endverbraucher berücksichtigen.
Wenn du mir sagst, was du tragen möchtest, was du dir wünschst und was dir nicht gefällt ...
... reicht mir das vollkommen.
So einfach ist das doch nicht!

Wenn wir nicht gewinnen, könnte das dem Ruf deines Unternehmens ...
...
... oder schlimmstenfalls sogar deinen Namen schädigen!
Hm ...
Es gibt sicher jemanden, der dafür geeigneter ist als ich.
Ehrlich gesagt interessiert mich der Sieg nicht die Bohne.
PACK
?!
Ich möchte einfach nur allen stolz präsentieren ...
... wie cool du in den Stücken von mir aussiehst, in die ich dich eigenhändig eingekleidet habe.
Das ist alles.
Was stimmt nicht mit dir?!

Sen-pai, du sagtest doch ...
... ich solle mich an die Spitze der Branche hocharbeiten.
Das war ...
Darum bitte ich dich.
KRMPF
Falls ... wir nicht gewinnen ...
... setze ich unserer Beziehung ...
... ein Ende.
Ich werde dir nicht mehr nachstellen ...
... und nicht mehr mit dir schlafen.
Versprochen.
...!

MURMEL
Na gut ...
Wirklich?!
PACK
Vergiss auf gar keinen Fall ...
... was du gerade gesagt hast, klar?
Er ist echt wie ein Hund.
Ja!
Ich brauche ja nur zu gewinnen.
...!
Da das nun beschlossene Sache ist, habe ich eine Bitte an dich.
Was willst du jetzt schon wieder?
SCHIEB
Ich möchte dich besser kennenlernen, aber du bist immer sehr beschäftigt, oder?
Nur bis zum Ende des Contests, ja? Also bitte ...
Ich möchte Zeit mit dir, damit wir uns zusammen Designs überlegen können.
... zieh mit mir zusa...
Vergiss es.

Menno ...
Auf gar keinen Fall! Du willst mich doch eh nur ...
TAPP
TAPP
TAPP
Klar leg ich dich flach.
Es könnte ja mit dem Contest vorbei sein.
Ich hab noch gar nichts gesagt!
Na ja ...
Wir gewinnen sowieso, also spielt das keine Rolle.
BOFF
Ha!
Du bist ja ganz schön von dir selbst überzeugt.
Na ...
... ich will dich auf keinen Fall verlieren.
Du bist etwas Besonderes.

Sag mal ...
Du wohnst doch schon die ganze Zeit bei der Agentur, oder? Ist das nicht anstrengend?
Herr Asagai hat bereits zugestimmt.
Ich habe mir sowieso gewünscht, dass er mal etwas Abwechslung bekommt.
... hat er gesagt.
Dieser Mistkerl ...
Der kann was erleben!
Ich werde eine Wohnung mieten, von der aus sowohl die Agentur als auch unser Büro leicht zu erreichen sind.
Moment!
Warte mal!
Falls nötig, besorge ich dir einen Wagen, der dich vom Büro zu deinen Jobs fährt.
Noch hab ich nicht ...
Und ...
Ich kann ein Hausmädchen einstellen, das das Putzen und Kochen übernimmt.
Hah ...
MURMEL
Dieser elende reiche Schnösel ...
Wie?
Nichts ...
Ich mache aber, was ich will.
Geht klar!
WUFF
WUFF

Also ...
Ich sagte zwar, dass du machen kannst, was du willst, aber ...
KNURRRRR
Ich kann nicht so gut mit Hunden ...
GRINS
GRINS
WRAFF
SST
Der Kleine ist ohne mich aufgeschmissen.
Na komm, gib Pfötchen!
WRAFF
Hey!
KNURR
Wird diese Rasse nicht ziemlich groß?
Geh du bitte mit ihm, wenn ich mal nicht kann.
Und was das Gassigehen angeht ...
Hä?
Hmpf.
Äh ...
KNURRRRRRR
Falls ...
... wir nicht gewinnen ...
!!
SCHWUPP
... kann ich die Beziehung zu ihm beenden ...
... und dann ...
... bin ich endlich wieder allein.

Lass uns damit aufhören ...
Katsumi, du sagtest doch ...
... du würdest mir bis zum Schluss helfen.
Ja, das sagte ich zwar, aber ...
Ich will nicht, dass du noch länger so etwas ...
Hast du wirklich das Recht, so was zu sagen?
Lass den Scheiß!
Wir sind Komplizen!
KNARR
!
...
STREICH
Ich weiß doch ...
... dass du ohne mich nicht leben kannst, Katsumi.

...!
FUMP
Ganz ruhig ...
»Katsumi wirft Yui gewaltsam aufs Bett.«
Und dann ...
Und dann ...
Siehst du?
BABUMM
»Eichi ...«
!!

RAUN
Was hat er denn?
RAUN
Keine Ahnung ...
RAUN
RAUN
»Er sagt, er ist diese Woche wieder auf Geschäftsreise.
BUMM
Mich so anzulügen ... Schrecklich, oder?«
Nicht!
BABUMM
»Darum ...«
BABUMM
Ich will mich nicht erinnern!
»Das ist alles deine Schuld!
Aufhören!
Du hast sie hinters Licht geführt!«
Es tut mir leid!
BABUMM
Das stimmt nicht ...
... stimmt nicht ...
Eichi ...?

Schnitt!
!
Hey, mach jetzt keinen Unsinn! Eben lief es doch richtig gut.
Tut mir leid!
Hach, mir reicht's. Wir machen 'ne Pause.
Beim nächsten Mal ... Beim nächsten Mal kriege ich es hin!
Lassen Sie uns weitermachen!
So wie du gerade ausschaust, würden das keine guten Bilder werden.
Sieh dich mal im Spiegel an!
Tut mir leid ...
...

Bitte entschuldige das eben ...
Mach dir keine Gedanken. Ich hatte auch kaum noch Konzentration.
Erholen wir uns etwas und kommen auf andere Gedanken, dann ist die Szene mit einem Rutsch im Kasten!
Sich den Kopf zu zerbrechen frustriert nur!
Du hast recht ...
...
LINS
Ähm ...
Sag mal ...
Geht es dir nicht gut?
Deine Hände ...
...
GRAPP
GRAPP
Alles okay.
Ich bin nur ... ein bisschen nervös.

ZAPPEL
Das ist nicht leicht, was?
Wenn so viele Leute zuschauen ... und den Drehpartner kennt man kaum!
Mich machen solche Szenen auch immer noch nervös.
Oh, aber ...
Wir sind immerhin im gleichen Alter, da fällt es mir leichter! Ich bin froh, dass ich diese Szene mit dir drehen darf, Eichi!
Ich mein's ernst!
Wobei du so gut aussiehst, dass es echt hart ist.
WEDEL
WEDEL
Du brauchst nicht so rücksichtsvoll zu sein.
Aber ...
... ich danke dir.
Wie wäre es, wenn wir nachher zusammen etwas essen gehen, falls du Hunger hast? Mein Manager wird auch mitkommen.
Wenn wir in dieser Serie ein Liebespaar spielen wollen, sollten wir uns besser kennenlernen, um die Nervosität loszuwerden.
Da stimme ich dir zu. Ich sage meinem Manager Bescheid.
Ich freue mich darauf.
LÄCHEL
Ich auch!

KRIE
Hach ...
RASCHEL
Mh ...
Bin wieder da ...
Mh ...
Fünf Uhr ...
Am Anfang hatte ich mir das Zusammenleben ein wenig ...
... nein ...
... deutlich anders vorgestellt. Das hat mich überrascht.
Oh. Willkommen daheim.
Du bist sicher müde nach der langen Arbeit.
Ich wohne jetzt seit einem Monat mit ihm zusammen.

Hast du etwa wieder durchgemacht?
Ja.
Hör lieber auf damit. Das geht auf Kosten deiner Gesundheit. Du gehst heute doch auch arbeiten, oder?
Haha ...
Das bringt die Arbeit so mit sich. Ich bin dran gewöhnt.
Bei dir ist es doch auch nicht viel anders, oder?
Wenn es um Mode geht, ist er außerordentlich gewissenhaft und nicht aus der Ruhe zu bringen.
Aber danke.
Ich mache uns Kaffee.
Lass nur. Ich mach das.
Nein.
Ruh dich aus, Senpai.
Aber sag mal ...
War irgendwas?
...
PATT
Noch dazu ...

… hat er kein einziges Mal versucht …
Du machst so ein Gesicht …
Nein …
… sich an mir zu vergreifen.
Ach ja! Ich möchte dir etwas zeigen.
Was denn?
GRINS
KLICK
…!

Die Schneider haben sich große Mühe gegeben.
Gestern kam endlich der erste Schwung an.
TAPP
TAPP
Es gibt noch eine Menge anzupassen, aber ich hätte gern, dass du sie einmal anprobierst.

Ich habe mich an Kleidungsstücken von uns orientiert, die du bereits getragen hast und die gut angekommen sind ...
... sowie an Stücken, die dir gefallen könnten oder die du zu mögen schienst.
Ich habe sie aber nach meinen eigenen Vorlieben arrangiert.
SST
Es fehlen nur noch die Änderungswünsche desjenigen, der sie tragen soll.

Hast du die etwa alle ...?
Zieh die mal über.
Ja, die sind für die Kollektion.
Die habe ich für dich entworfen, Senpai.
Schau mal von hinten!
Hm! ♥
Sieht gut aus. Es betont deine Figur gut.
Stimmt ...
Was ist mit den Entwürfen an der Wand?
Mit hochgekrempelten Ärmeln kommt das auch gut.
KREMPEL
KREMPEL
Ach.
Die hab ich verworfen.
...!
Aber wenn dir davon etwas gefällt, nehme ich es gern wieder auf.
Als Nächstes das hier.

Ganz allein ...
... für mich ...
Oberseite
Navy & Weiß
Grau & Schwarz
Unterseite
Leder
STREICH
Led
... hat er so viele ...
Für dieses Jackett würde ich gern Lackleder verwenden.
Dir würde Silber oder ein Aurora-Effekt sicher gut stehen.
Was ist dir lieber?
Ach ...
Das überlasse ich dir.
Nein!
PACK
So hat das Projekt doch keinen Sinn.
Entscheide du, Senpai!
Ehrlich gesagt ...

Dann eben Silber ...
Okay.
... fange ich an ...
... den gemeinsamen Alltag mit ihm als angenehm zu empfinden ...
Ja ...
Ja, das ist gut. Das steht dir.
Allerdings ...

... ist dieser unsichere Blick schädlich für unser Business.
Du bist doch unser Aushängeschild.
...
Behalte deine Sorgen nicht für dich!
Sag mir, was dich bedrückt!
Das möchte ich mit einbeziehen ...
... wenn ich für dich Stücke designe.
Sorry ...
... dass ich versucht hab, die Situation auszunutzen.
... und das macht mir Angst.

Gallant Quartz
Oho! Fantastisch!
Dass der Chef das erlaubt hat.
Es ist immerhin die denkwürdige erste Filiale exklusiv für GQ Men's.
Ihn zu überzeugen, hat allerdings eine Weile gedauert.
Er hat lange darauf bestanden, ein ausländisches Model zu engagieren.
Ha ha.
Er ist und bleibt eben starrsinnig.
Dabei habe ich diese Stücke so designt, dass sie niemandem besser stehen als ihm.
Eröffnung am 09.09.2017
Eröffnung am 09.09.2017
…

Krass, was der für ein Potenzial hat!
KNIPS
Sieht echt cool aus!
GUCK
...
Stimmt etwas nicht?
Nein. Ich freue mich nur ...
... dass sie das Model, das unsere Kleider trägt, cool finden.
KYAH
KYAH
Ah ...
In der Tat.
Na ja ... zumindest gebe ich das nach außen hin vor ...
Eröffnung am 09.09.2017
Aber in Wahrheit ...
09.09.2017

... gibt es Seiten an ihm, die nur ich kenne ...
... und Gesichtsausdrücke, die er nur mir zeigt.
Er gehört ganz allein mir.
Das gibt mir ein Gefühl der Überlegenheit ...
Eröffnung am 09.09.2017
... und gleichzeitig ...
Eröffnung am 09.09.2017
... möchte ich ihn ganz allein für mich.

Ah ...
Mh ...
Hn ...!
GUTSCH
Katsu-mi!
Hah ...
GUTSCH
Ah!
Hah ...
GLITSCH
Ah!
...
GUTSCH
GUTSCH
GUTSCH
Hn ...
GUTSCH

So ein Gesicht kann er also auch machen.
Er ist wirklich schön ...
Hach ...
Ich möchte mit ihm schlafen ...
Beim Dreh tragen sie doch eine Art Suspensorium, nicht wahr?
Wahnsinn, dass es trotzdem so erotisch aussieht.
KLACK
...
TAPP
TAPP
Ach ...
Du bist ja noch wach.
Uh ...
Hey ...

Was ... machst du da?
Hn ...
Hn ...
Nichts weiter.
TROPF
Ich hab mir nur deine Serie angesehen.
Senpai, hast du nachher ein bisschen Zeit?
Ich möchte was mit dir besprechen.
Sorry ...
Morgen muss ich früh raus. Lass mich bitte ausruhen.
...
Morgen Abend kann ich es aber einrichten.
PATAMM
Gut.
Alles klar.

KNARR
...
Hn ...
Was ist das ...? Fühlt sich so schwer an/...
KNARR
...?
Hah ...
!!
Hah ...
Hah ...
GUTSCH
Ach ...
Habe ich dich geweckt?
GUTSCH
GUTSCH
GUTSCH

Was ...
... machst du da?!
Siehst du doch. Ich masturbiere.
Und deinem Schwanz bereite ich gleichzeitig auch eine Freude.
Dabei warst du in letzter Zeit so diskret ...
Du bist echt ...
Als ich dich vorhin im Fernsehen sah ...
FLUTSCH
... wurde mir wieder bewusst, dass du eben auch ein Mann bist. Das hat mich erregt.
FLUTSCH
...!
Dabei ...
!
WUPP
... hattest du so einen erotischen Blick, als ich dich hier penetriert habe.

Mh ...
SCHMATZ
...!
SCHMATZ
Lass das!
...
BATSCH
Ich will nicht ...
Hah ...
Hah ...
... ge-küsst werden!
Bild dir nichts ein!
STREICH
Ich bin nicht dein Freund oder so was!
Keine Küsse.
Okay.
Hab verstan-den.

...!
War...
FLOMP
Du hast mich noch nicht genug gedeh...
FLUTSCH
Hn ...!
Mh ...
Mh ...
TSCHUPP
Hn ...
Senpai ...
Hah ...
Ah ...
Hah ...
Wann wirst du ...
PAMM
PAMM
Ah ...
Hn ...
... mir endlich ...
... Be-achtung schen-ken?
ZUCK
Hn ...

Ich werde ...
... nie wieder mit jemandem eine besondere Beziehung eingehen.
Ich hab die Nase voll davon!
FLUPP
Warum?
FLUPP
...!
Ich höre dir zu, also antworte mir.
Mit deinen Worten weist du mich immer ab ...
... aber das verstehe ich offen gesagt nicht.
Denn obwohl du ...
... immer resigniert dreinblickst ...
... schaust du mich so sehnsüchtig an.

Du möchtest gebraucht werden.
Nein!
Du möchtest um den Verstand gebracht werden.
Nein!!
Was ist es dann?
Kann es sein, dass du dir in Wahrheit etwas erhoffst?
Du weist mich nie ernsthaft zurück.
Dabei hättest du das jederzeit tun können.
WUSCHEL
Hab ich nicht recht?
Ich will nicht mehr ...
... wegen meines eigenen Verschuldens ...
... mein Zuhause verlieren ...
Ah ...
Verstehe ...

Dass du andere auf Abstand hältst und von dir weist ...
Liebe ...
... und Romantik ...
... und auch deine Provokationen, mit denen du dein Gegenüber absichtlich verärgerst ...
... sind mir total egal.
Damit hab ich nichts am Hut.
... kommen daher ...
... dass du selbst Angst davor hast, zurückgewiesen zu werden.
Dabei würde ich doch ...
... nie zulassen, dass du so was je wieder durchmachen musst, Senpai.

Es gibt nichts, von dem ich behaupten könnte, dass es mich ausmacht.
Aber ...
... ich fühlte mein Dasein bestätigt, wenn ich Outfits trug, mich vor die Kamera stellte und ein professionelles Gesicht aufsetzte.
Doch ...
... letzten Endes bin ich nichts weiter als ein Objekt der Begierde.
Das wird sich bestimmt auch in Zukunft ...
Senpai.

# GOODBYE HARLEQUIN

GRUMMEL
Ö
Verdammt ...
Mir tut der Bauch weh ...
...
SST

»Ich habe keine Ah-nung, wie es ist ...
... sich zu verlieben oder für jemanden Feuer und Flamme zu sein.«
»Wann wirst du ...
... mir endlich Beachtung schenken?«
Was denn nun?
JAUL
KRRZ
KRRZ
KRRZ
KRRZ
!
KLACK
JAUL
SCHMUS
Ent-schul-dige ...
... dass ich dich in letz-ter Zeit vernach-lässigt habe.
SCHMUS
SCHMUS

PATAMM
Dann bis übernächs-te Woche, Akino.
Hör brav auf deine Mutter, okay?
Ja.

Was hast du denn, Akino? Schmeckt es dir nicht?
Doch ...
Aber du hast dein Essen kaum angerührt. Bedrückt dich etwas?
Sag mal ...
Warum heiraten du und Papa eigentlich nicht?
Frag mich so was nie wieder!
SCHRECK
Dass ich so einem Kerl auf den Leim gegangen bin ...
Ich komme mir so dumm vor.
...
Werde bloß nicht wie er, wenn du mal erwachsen bist, Akino! Bitte!
KRAMPF
Hm?
Mama ...

Hätte ich lieber nicht geboren werden sollen?
SCHEPPER
Ich wollte doch nicht, dass du so was sagst ...
Tut mir leid!
Ehrlich!
Ich habe dich lieb!
Ja ...

Willkommen daheim!
Tut mir leid, Akino. Ich muss direkt wieder los.
Im Ernst? Du siehst blass aus! Du übernimmst dich!
Geh heute lieber nicht mehr weg!
Ist schon gut. Ich strenge mich für dich an. Das macht mir nichts aus.
...
Das ist eine Lüge.
In Wahrheit ist es hart für sie ...
... ihn nicht sehen zu können.
QUIEEETSCH
In Wahrheit möchte sie mit ihm zusammen sein, aber sie hat aufgegeben ...
... und stürzt sich deshalb nun in die Arbeit ...
... um über ihren Schmerz ...
... hinwegzutäuschen.
PATAMM
Ich hätte ...
... einfach sagen sollen ...
... »Bleib bei mir!«.
Hallo?!
Hallo, Vater?!

KLACK
Der gewünschte Gesprächsteilnehmer ist im Moment nicht erreichbar.
Das Gerät ist ausgeschaltet oder befindet sich außerhalb des Empfangsbereiches.
...ung.
Was ...?
Sie können nach dem Piepton ...
Es war überarbeitung.
Es fällt mir schwer, jemanden zu lieben.
Wenn man einen geliebten Menschen verliert, fühlt man sich nur noch leer.
Deshalb ...
... durfte das, was ich empfinde, nicht diese Art von Gefühlen sein.
Aber trotzdem ...
... bin ich ...
... in Senpai ...

Wir haben alles im Kasten!
Danke für die gute Zusammenarbeit!
KLATSCH
KLATSCH
KLATSCH
Hm?
Der Regisseur hat uns zur After-Work-Party eingeladen.
Du kommst doch auch, oder?
Du kennst ihn doch ... Ich denke, das solltest du sein lassen.
Ja, das habe ich erst auch gedacht, aber ich konnte es ihm einfach nicht abschlagen.
Du weißt schon. Für unsere berufliche Zukunft ist es besser, sich gut mit ihm zu stellen.
Na ja ... Damit hast du nicht unrecht ...
Ich will dich nicht zwingen, aber ...
Geht es wirklich nicht?
Puh ...
...

Ist das wirklich die richtige Adresse?
Ja, diese Location wurde mir genannt.
Ah!
Sind sie das nicht?
LÄRM
Ha ha ha ha!
LÄRM
Klasse! Ich steh auf Frauen, die was vertragen!
Nicht so viel ...
Kein Problem!
Wir kümmern uns um euch!
Das ist nicht gut. Wir sollten doch lieber gehen.
Ah ...
Komm!
TAPP

BLITZ
!
KNIPS
KNIPS
Hier lang!
TAPP
!!

ZIEH
FLÜSTER
Lass den Kopf unten, okay?
...
Mist ...

Der hat uns erwischt, oder ...?
Hah ...
Hah ...
Tut mir leid ...
Hätte ich nur nicht darauf bestanden herzukommen ...
Ach was ...
Es ist auch meine Schuld. Ich war beim Verlassen des Clubs nicht vorsichtig genug.
Was hast du jetzt vor?
Hm ...
Ich denke, ich bitte meinen Manager, mich abzuholen.
Okay. Dann ist gut.
Und du?
Ich nehme ein Taxi und fahre zur Agentur.
Sei vorsichtig. Der Paparazzo könnte sich noch in der Gegend herumtreiben.
Du auch, Ei...
... »Katsumi«, ja?

BWWW
BWWWW
KNARR
Hah …
Bitte geh ran.
KNARR
Hah …
Ich will nicht.
KNARR
Hah …
Du musst aber.
Hach …
Ja, hallo?
KNARR
SCHWUPP
RUCK
ZUCK
Hallo Terumi! Guten Abend!
…!
Oh, hab ich dich etwa mitten im Vergnügen unterbrochen? Entschuldige!
Hä?
Wenn dir das klar ist, dann mach es kurz! Zehn Sekunden! Zehn, neun …
Was?!
Warte, nicht so schnell!

Die Sache ist erledigt. Lief wie am Schnürchen.
Ah, und ich habe die Bilder der Outfits für die GColl erhalten.
Du hast genau meinen Geschmack getroffen, Terumi.
Oh!
Aber vielleicht wäre etwas enger Anliegendes, Knalligeres besser.
Genau. So unterscheidet es sich nicht von meinem üblichen Image. Das haut die Leute nicht vom Hocker.
Ja, danke. Ich zähle auf dich.
Ach ja, und ...
Hah ...
... grüß deinen süßen Herrn Haida von mir.
Hah ...
...

Ts!
SCHWUPP
Hah ...
War das Fräulein ...
... Hida...
...ka?!
PACK
PAMM
Ah!
Ah!
PAMM
Ich dachte erst, sie würde sich querstellen ...
... aber wenn sie etwas macht, macht sie es richtig.
Hah ...
KNARR
Hah ...
KNARR
FLUPP
GUTSCH
Oder hast du irgendwas damit zu tun?
STREICH
Hah.
Sei nicht albern ...
Wirklich?
ZUCK
Ah!
Ah!
PAMM
ZITTER
PAMM
Aaah!
ZITTER
Ich glaube dir kein Wort.
PAMM

Komm ...
Verschieben wir das auf später.
Schließlich hatten wir schon so lange keinen Sex mehr.
KISS
KISS
Ja ...
KISS
Hach ...
Das Bett wäre mir lieber gewesen ...
Mir auch ...
Aber ist nicht zu ändern. Du hast eben viel zu tun, Terumi.
Dann hör auf, Projekte zu planen, die meinen kompletten Terminplan füllen!
Dann wird der Inhaber aber wütend auf mich.
Du hast auch immer eine Ausrede.
Na ja ...
Ich bin jedenfalls gespannt ...
... wie sie darauf reagieren.

Weekly
KYAH
KYAH
Hast du das gesehen?
Hab ich! Was für ein Schock!
Sie sind doch ein hübsches Paar, oder nicht?
Dein Ernst?!
Ich kann mir die Insta-Seite zur Serie nicht mehr anschauen!
Weekly Bunju Online @
[News] Eichi Shimizu (27
daka schwer verliebt? Bei
Club-Date erwischt!
Hört mal!
Seht euch lieber das hier an!
Was denn?
genheit des Hauptdarstellers
Harlequin: Eichi Shimizu
Hier steht, Eichi sei in einem Heim aufgewachsen und seine Pflegeeltern hätten sich scheiden lassen.
Offenbar hat seine Stiefmutter sich an ihn rangemacht.
Uwah, ist ja furchtbar!
me Ve
rnse
des Hauptdars
n: Eichi Shimi
nd berühmte
ysteriöse Quel-
wurde seine Ver-
aufgedeckt.
ein Privatleben hat das
el bisher allerdings ge-
wiegen. Sein ehemaliger
lege Herr Y. aus derselben
ntur hat uns nun berichtet
Ich glaub's nicht! Der Ärmste!
Kindheit

Ist das wahr, Akino?!
RAUN
RAUN
RAUN
Model und Schauspieler Eichi Shimizu wurde ...
Die Sache mit Herrn Shimizu läuft im Fernsehen rauf und runter!
...
Herr Kubo!
Der Chef möchte Sie sprechen.
War ja klar, dass der Chef da nicht kommentarlos zusieht.
Tja, das war zu erwarten.
BWWW
BWWW
Hallo?
Ah, Herr Asagai! Vielen Dank für Ihre Unterstützung.
Herr Kubo ...!
Ich bitte vielmals um Entschuldigung, dass Eichi so einen Wirbel verursacht hat ...
Nicht doch. Bei erfolgreichen Persönlichkeiten ist so etwas vorprogrammiert.
Was gibt es denn?
Äh ... Die Sache ist die ...
Bitte entschuldigen Sie die Frage, aber ...

Befindet sich Eichi vielleicht in Ihrer Wohnung?
...
Er hat mich einmal angerufen, seitdem erreiche ich ihn nicht.
Haben Sie eine Idee, wo er sein könnte?
In seinem Elternhaus oder bei Freunden?
Ich fürchte, so etwas hat er nicht ...
QUIETSCH

Auf den ersten Blick sind alle seine Sachen da.
JAUL
Weißt du vielleicht, wo dein Herrchen hingegangen ist?
WAU
KRRZ
KRRZ
?
FLAPP

Ist das Eichi ...?
KNIPS
TULULU
TULULU
Hallo?
BIEP
Entschuldigen Sie, dass ich schon wieder störe, Herr Asagai.
Wissen Sie, wo sich der Ort auf dem Foto befindet, das ich Ihnen gerade geschickt habe?
Ich habe es in seinem Zimmer gefunden.
Das ist ...

Eichi ...
... wurde als Kind im Heim abgegeben und hatte nie eine Familie.
Als er in der Grundschule war, wurde er vom Chef seiner früheren Künstleragentur aufgenommen.
Ich denke, ihm gefiel sein Aussehen.
Etwa seit er in der Mittelstufe war, wurde er dann von dessen Frau ... nun ja ...
Offenbar hatte sie Absichten, die es unmöglich machen, von ihr als Mutter zu sprechen ...
Deshalb hat er ...
Als er in der Highschool war, bemerkte sein Stiefvater endlich, was vor sich ging, und ließ sich scheiden.
Er behielt das Sorgerecht für Eichi, doch wie schlecht er von da an in der Agentur mit Eichi umsprang, war selbst für Mitarbeiter anderer Agenturen offensichtlich.
Ich habe ihn dann bei mir aufgenommen.
»Ich will nicht mehr wegen meines eigenen Verschuldens ...
... mein Zuhause verlieren ...«
... so was gesagt ...

Hat er nie daran gedacht, seine leiblichen Eltern zu suchen?
KLACK
Doch. Er sucht sie schon lange und ich helfe ihm dabei.
Wir haben aber bis heute nichts über sie herausgefunden.
Er macht auch deshalb mit dem Modeln weiter ...
... weil er die Hoffnung hat, dass sie ihn so irgendwann finden.
Ich denke, der Ort auf dem Foto ...
... ist das Heim, in dem er aufgewachsen ist.

Ja ...
An Eichi erinnere ich mich.
Er war so ein hübscher und braver Junge.
Aber leider war er nicht hier ...
Verstehe.
Vielen Dank.
Puh ...
...
LÄRM
LÄRM

KNARR

Senpai.
...

Woher ...?
Woher ich wusste, dass du hier bist?
Ich weiß immer sofort, wo du bist, Senpai.
KNARR
...
He ...
Ah, ich mache nur Spaß. Ich hatte Hilfe von Herrn Asagai und deinem Hündchen.
Hier.
SST
!
Das hab ich in deiner Schublade gefunden.
Dann hat Herr Asagai dir sicher alles erzählt ...
KNARR
Entschuldige ...
Ha ...
Was entschuldigst du dich? Im Fernsehen läuft es doch eh rauf und runter.
Er hat sich Sorgen um dich gemacht.
Ich hab ihn doch angerufen.
Was hast du ihm gesagt?
Dass es mir gut geht.
Ha ha.
Es wäre seltsam, sich da keine Sorgen zu machen!
Ich glaube ...
... er sorgt sich mehr um dich als ein richtiges Familienmitglied.
...

Tut mir leid ...
Was denn?
Dass es so gekommen ist, obwohl der Contest kurz bevorsteht.
So ist das nun mal in der Medienbranche.
Die grausame Vergangenheit des
uptdarstellers der Fernsehserie
equin: Eichi Shimizu
Lügen werden einem als Wahrheit verkauft ...
... und Geheimnisse, die man gern gehütet hätte, dienen zur Belustigung anderer, um ihre Neugier zu befriedigen. Das ist mir sehr wohl bewusst.
Ob es eine Lüge oder die Wahrheit ist, ist nicht das Problem!
Durch meine eigene Leichtsinnigkeit wurde mein Image beschädigt.
Darum habe ich nicht mehr das Recht ...
... deine Entwürfe zu tragen ...

PACK
Entscheide das nicht für dich allein!
Wir haben uns doch etwas versprochen!
Wenn wir nicht gewinnen, beende ich diese Beziehung.
Du warst es, der mir sagte, ich solle die Spitze der Modebranche erreichen!
Was andere über dich reden, spielt für uns beide keine Rolle.
PRESS
Bis sich das Ergebnis unseres Versprechens zeigt ...
... wirst du meine Outfits tragen.

Das war schon immer so bei mir.
Ich bereite den Menschen um mich herum Kummer. Meinen Stiefvater, der mich aufzog, habe ich verletzt und meine wertvolle Familie kaputt gemacht.
Und diesmal habe ich Herrn Asagai enttäuscht, der sich so für meine Model-Karriere engagiert hat.
...
Um andere zu erfreuen, trage ich extravagante Kleider ...
... und setze ein professionelles Gesicht auf.
Weißt du, dadurch fühle ich mich, als würde ich endlich Luft bekommen. Es gibt mir Sicherheit.
Es kommt mir vor, als würde man mir mein Dasein zugestehen.
Aber mir ist auch aufgefallen ...

... dass das Model Eichi Shimizu zwar existiert, doch wenn ich irgendwann aufhöre zu arbeiten, oder aufhören muss ...
... dann werden mich alle bestimmt schnell vergessen haben.
Irgendwann kommt unausweichlich der Moment, von dem an ich in einer Welt leben muss, in der es nichts gibt, das belegt, wer ich bin.
Wenn ich daran denke ...
... schaudert es mich.

Und jetzt bin ich zum Gespött der Leute geworden, stimmt's?
Sen...
Sag mir, Akino ...
... wa- rum ...
... bin ich überhaupt geboren worden?

Es ist mir egal ...
... was früher war oder wie die Leute dich sehen.
DRÜCK
Denn ...
Hör auf!
Denn ich ...

... liebe dich ...
... so wie du jetzt vor mir stehst.
Daran hat sich in den letzten zehn Jahren nichts geändert. Im Gegenteil.
Je mehr Zeit wir zusammen verbringen, desto mehr liebe ich dich.
In Wahrheit hatte ich Angst, du würdest mich zurückweisen, und habe es dir deshalb bisher nicht gesagt.
Ich habe dich die ganze Zeit geliebt, Senpai.
STREICH
Hör auf ...
Eichi ...
SCHAUDER
In deiner Nähe wird mir immer ganz komisch im Kopf ...
Wieso?

Weil es dir Angst macht, dass du dir Hoffnungen machst?
Weil du denkst, dass dich unmöglich jemand lieben kann?
Das ist doch schrecklich, Senpai.
SST
Hah...
Ich hab nur Spaß gemacht.
Komm mit.

... welche Worte hätte er dann wohl zu mir gesagt?

Wir sind da.
Was denkst du dir dabei?!
An so einem überlaufenen Ort kann ich doch nicht aus ...
...!
Wir haben endlich eröffnet. Ich will, dass du es dir anschaust.
BOFF
Bitte.
Das borge ich dir.
Der Hut passt nämlich nicht zu den Klamotten, die du trägst.
WAPP
TAPP
BATAMM
...
TAPP

Gallant Quartz

Das war schon immer mein Traum, weißt du?
Dein Traum?
Dass alle Leute ganz hingerissen ...
... die Bilder von dir in meinen Kreationen betrachten.
LÄRM
LÄRM
TAPP
TAPP
LÄRM
Warte!
LÄRM
Hey!
LÄRM

Meine Arbeit besteht darin zu entscheiden, welche Designs würdig sind, als Outfits unserer Marke der Welt präsentiert zu werden.
Weißt du, woran ich das festmache?
Man richtet sich nach Trends, um damit irgendwelchen Zeitschriftenredakteuren ...
Ich hab dich doch nicht nach der üblichen Herangehensweise gefragt.
Was hast du dann gemeint?
Ich wähle Stücke aus, von denen ich möchte, dass du sie trägst.
...
Das ist alles.
Ha!
Du bist echt kein Stück erwachsener geworden.
Das ist so erdrückend ... zum Davonlaufen.
Wer von uns ist nicht erwachsen geworden?
Du bist dir deines eigenen Wertes überhaupt nicht bewusst.

Mode ist die Kunstform, mit der die Menschen am meisten in Berührung kommen.
Gleichzeitig steht sie für ihre Identität.
Das Schicksal eines Kleidungsstücks wird von der Person bestimmt, die es der Welt präsentiert.
Selbst eine gewisse Marke hätte möglicherweise nicht ihre heutige Stellung und das Ansehen, wenn nicht seinerzeit in Cannes eine berühmte Schauspielerin ihre Kleider getragen hätte.
Du sagtest, es gäbe nichts ...
... das belegt, wer du bist.
Umgekehrt könnte man sagen, du bist nicht von einer bestimmten Vorstellung von dir eingeschränkt, auf die du dich fixierst oder durch die du voreingenommen bist.
Deshalb sagen auch alle ...
... dass du jedes Kleidungsstück, das du trägst, perfekt erscheinen lässt ...
... und dass sich ausnahmslos alles, was du trägst, gut verkauft.

Du hast nicht ganz unrecht damit, dass meine Designs aus purem Egoismus entstanden sind ...
... das ändert jedoch nichts daran, dass alle Kleidungsstücke hier ohne dich niemals das Licht der Welt erblickt hätten.
...
Für dich ...
... mag ich nicht mehr als ein Mitschüler gewesen sein ...
... aber mir ...
... hast du ...
... einen Lebenssinn geschenkt.
Ich habe es nur dank dir als Designer so weit gebracht.
...
Darum ...
... sag bitte nicht so traurige Dinge wie vorhin.

Bitte mach wenigstens noch eine Weile ...
SST
... bei meinem selbstsüchtigen Vorhaben mit.
Ich habe genug.
...
TAPP
TAPP
Ich gehe jetzt in die Agentur zurück ...
... und bespreche mit Herrn Asagai, wie es weitergehen kann.
Und ...
... wenn ich wieder zu Hause bin ...
... machen wir uns gemeinsam Gedanken um den Contest.
Du willst mich doch keine halbherzig designten Stücke anziehen lassen, oder?
TAPP
TAPP

LÄRM
LÄRM
LÄRM
LÄRM
Die neuen, märchenhaften Kollaborationen ...
... von Supermodels und begnadeten Designern, die zukünftige Styles bestimmen ...
TRUBEL
TRUBEL
TRUBEL
... werden heute Nacht ...
RIKO HIDAKA & TERUMI IWASA on Gallant Quartz
EICHI SHIMIZU & AKINO KUBO on Gallant Quartz or MEN
... Wirklichkeit!

Die Nächsten bitte auf Stand-by!
TATAMM
Heute ist sogar Fashion-Queen Mary aus New York anwesend.
TATAMM
TRUBEL
TRUBEL
Das Leben von Fashionistas, die ihr ins Auge stechen, ändert sich komplett.
TRUBEL
TATAMM
Hm?
Hä?
Setz dich!
DOMP
Schon gut, ich style mich selbst.
Lass mich einfach machen.
DREH
Uh ...
Ab und zu kannst du auch mal auf mich hören!
Ja.
Du siehst toll aus.

Heute spielst du schließlich ebenfalls eine Hauptrolle.
Hier.
Ha hä ha!
Sieht dir gar nicht ähnlich. Wie kommt's?
Ich kann doch nicht mit einem schlampig aussehenden Designer den Laufsteg langgehen!
REIB
REIB
...
Hm ...
Stylen Sie mich richtig cool, mein Herr!
TRUBEL
Was glaubst du, mit wem du redest?
Hey!
Schau nach vorn!
WUSCHEL
WUSCHEL
TRUBEL
Hi'hi ...
Sorry.
TRUBEL
WOOOOOW
Da sind sie!
Sie haben wirklich eine unglaubliche Ausstrahlung!
Hm ...
Ich seh schon.

Ihr heutiges gemeinsames Thema ist »Luxury«.
Unser klassisches Juwelenmuster, kombiniert mit Lackleder.
TATAMM♪
TATAMM♪
♪
Dazu ...
... der Fuchspelz, den mein Bruder so liebt, sowie Nieten.
TATAMM♪
TATAMM♪

Riko vermittelt irgendwie ein ganz anderes Bild von sich als sonst.
WUSCHEL
Sie mag es möglicherweise prunkvoller, als man erwarten würde.
Mein Bruder ist aber ganz schön unkreativ.
Sein Mantel ist aus Velours, deshalb sind beide Outfits schwer. Das ist nicht besonders elegant.
Das ist dein Bruder?
Ach, nur auf dem Papier.
Vergiss es.
SCHWUPP
Herr Kubo!
GUCK
Sie sind gleich an der Reihe!
TATAMM
Ja.
SST
TATAMM
Das steht dir wirklich gut.
TATAMM

Das ist mein bisher größtes Meisterwerk.
Kümmere dich gut um mein Baby, ja?
Was soll denn die Ausdrucksweise?
Na, für uns Designer sind unsere Kreationen eben so was wie Kinder.
Dafür hast du vorhin aber ganz schön über das Kind eines anderen hergezogen.
GRINS
Hat man das gemerkt?
...
Ich danke dir für alles.
Wo kommt das denn plötzlich her?
Du hast meinen Eigensinn lange mitgemacht.

Lass das! Das bist gar nicht du!
Ah ...
Na ja, falls ich mein Versprechen zu gewinnen nicht halten kann, wollte ich das nicht ungesagt lassen.
Fang jetzt nicht an zu lamentieren!
Du hast alles aufs Spiel gesetzt, um diese Outfits für mich zu entwerfen, oder nicht?
Ja ...
SST
Jemand mit deinem Ego wird es wohl sein Leben lang nicht an die Spitze schaffen, wenn er auf dieser Bühne nicht gewinnt.
Aber was glaubst du, wer deine Designs trägt?

Wir haben darüber geredet, was ist, wenn wir nicht gewinnen ...
... aber wir haben noch nicht geklärt, was konkret passieren soll, wenn wir gewinnen.
Stimmt.
Was möchtest du dann tun, Eichi?
Unsere Beziehung als Sexfreunde jedenfalls ...
Selbstverständlich habe ich nicht mehr vor, dich zu irgendwas zu zwingen.
Ich habe lange genug meinen Kopf durchgesetzt und viel zu viel von dir verlangt.
Ich werde alles tun, was du willst, solange es im Rahmen meiner Möglichkeiten liegt.
...
ZIEH

WISCH
Von jetzt an wirst du meinen Eigensinn ertragen müssen.
Ich möchte, dass du mir hilfst ...
... den neuen Eichi Shimizu zu erschaffen.

Und zwar ei-nen ...
... den niemand je verges-sen wird.
Ich redete mir ein ...
... du würdest mich eh wieder verlassen ...
... und tat die ganze Zeit über so, als würde ich dich nicht beachten.
Du sagtest zu mir, ich hätte dir damals einen Lebenssinn geschenkt.
In Wahrheit ...
... traf das ...
... auch auf mich zu.

Als du meinen Namen gerufen ...
... und mich mit deiner Leidenschaft überwältigt hast ...
... hätte ich vor Glück sterben können.
Ja, wirklich.

Uwa ...
Was für eine Überraschung, dass Eichi auch so ein Gesicht machen kann.
LÄRM
...
LÄRM
Er wirkt befreit, so als wären seine Sorgen verflogen.
FLENN
FLENN
Er ist flügge geworden ...
Hey! Hey!
Ist das dein Sohn, Teru?
Ah, ja.
FLÜSTER
FLÜSTER
Lass ihn mich in meine nächste Sonderausgabe aufnehmen! Wie heißt sein Atelier? Und wo ist es?
Wann stellt er seine nächste Kollektion vor?
Nein Mary, er ist mein Chief Desi...
Das geht doch nicht! Sorg dafür, dass er sich selbstständig macht!
Er hat einen wundervollen Geschmack!
Hah ...
Du findest das also auch, ja?

Heute haben sich die begnadetsten Designer verschiedener Modemarken ...
... sowie angesagtesten Models unserer Zeit versammelt, um dem Laufsteg mit einer traumhaften Kollektion eine neue Farbe zu verleihen.
Wir haben zahlreiche phänomenale Looks gesehen, die würdig sind, die künftige Fashion-Welt anzuführen.
Auch die Jury hatte große Mühe, eine Entscheidung zu fällen ...
... doch nun können wir den Sieger bekanntgeben.
Die Siegerkrone ...
... des ersten Gem-Collection-Contests geht an ...
Gallant Quartz for MEN!
TOCK
Das Duo, bestehend aus Designer Akino Kubo ...
JUBEL
... und Model Eichi Shimizu!

RAUN
Ha!
Kyaah!
LÄRM
Waaah!
LÄRM
Was geht denn da ab?!
Waaah!

KNIPS
KNIPS
Herr Shimizu, herzlichen Glückwunsch zum Sieg!
KNIPS
In welcher Beziehung stehen Sie zu Herrn Kubo?!
Verzeihung! Bitte keine Fragen zum Privatleben!
KNIPS
Also, na ja ... Das können Sie sich wohl denken, schätze ich ...
Wohin ist der Mistkerl verschwunden?! Lässt mich hier alleine stehen!
Was für ein Bild von der künftigen Mode ...
KNIPS
Oh.
Gute Arbeit, Riko.
LÄRM
LÄRM
Also hör mal ...
Du spielst doch heute ebenfalls eine Hauptrolle. Spiel hier oben nicht den Zuschauer, geh zu ihm nach unten!
Wenn ich jetzt da runtergehe, sage ich nur irgendwas Unnötiges.
Ja, ja.
Du Angeber.
Bist du zufrieden, dass alles nach Plan lief?
Hm?
Ich weiß nicht, was du meinst.
Ha!
Stell dich nicht dumm!
Du hast Jin benutzt, um Terumi dazu anzustacheln, die Fotos mit Eichi und mir an die Medien zu verteilen.

Er ist eben Wachs in Jins Händen.
Und? Wie fühlt es sich an?
Sowohl Eichi als auch das Prestige gehören nun dir.
Wirst du meinem Bruder und Senpai alles erzählen?
Dass alles so gekommen ist, wie von mir geplant?
Pfft!
Immer noch!
Bloß nicht!
Ist mir zu lästig. Außerdem ist er immer noch ein guter Freund.
Aber war doch gut so, dass du mit Senpai in die Schlagzeilen gekommen bist, oder?
Hä?
Ist es nicht an der Zeit, die Chance zu ergreifen?
Das Image des unschuldigen Starlets, das kein Wässerchen trüben kann, stand dir doch ziemlich im Weg, oder?
...
Ich geh dann mal!
Ah!
Hör mal!
Ehrlich gesagt, gefällt mir Eichis Gesicht auch echt gut!
Tatsächlich?
Kann ich gut verstehen!
Wenn du irgendwas Komisches anstellst, kenne ich keine Gnade!
Und ich werde nicht mit dir zusammenarbeiten! Niemals!
Gleichfalls!

Bei Vater dreht sich immer alles nur um Akino! Akino hier, Akino da!
Das war schon immer so!
RASCHEL
RASCHEL
Che...
Sei still!
FLATTER
Wie willst du die Verantwortung für diesen Klatsch übernehmen?
Egal was du sagst, wir können Eichi Shimizu unmöglich weiterhin ...
Bitte ...
Was?
Bitte wartet bis nach der Gem-Collection.
Gebt mir noch eine Chance.
Wie bitte?!
Terumi!
Sollte ich nicht gewinnen, füge ich mich deinen Anweisungen, Chef.
Dann mach mit mir, was du willst.
Aber falls ich gewinnen sollte ...
... würdest du ...

... mir dann bitte ...
... deinen Platz überlassen?
Das verzeihe ich ihm nie! Egal wie sehr ich Vater Honig ums Maul schmieren muss ...
KNÜLL
Terumi ...
Diesen Kerl werde ich ...!
Terumi.
PRESS
...!
Ruh dich ein bisschen aus.
Wenn du dich weiterhin so für das Unternehmen verausgabst, verlierst du noch dein fantastisches Gespür als Designer.
Weißt du ...
... ich liebe es ...
... wenn du ganz versunken an deinen Entwürfen arbeitest.

Ein Jahr später im Herbst in Paris ...
... auf der Fashion Week.
Das Model Eichi Shimizu, das im vergangenen Jahr für Schlagzeilen gesorgt hat ...
... und Gallant Quartz' Designer Akino Kubo ...
... haben ein neues Label namens »DALMAIS« gegründet.
Zur Feier der Bekanntmachung ...
... sind Fashionistas, Celebrities und namhafte Prominenz aus allen Kreisen geladen.

Herzlichen Glückwunsch zur Gründung des neuen Labels!
Herr Shimizu! Sie pflegen also privat und beruflich ein enges Verhältnis mit Herrn Kubo?
Sie beide sind ja bereits seit Schulzeiten befreundet, wie man hört.
Informationen dazu finden Sie ...
... auf unserem offiziellen Account. ♥
LÄRM
LÄRM
Sie können losfahren.
Hätten wir nicht noch etwas länger bleiben sollen?
Es heizt die Leute viel mehr an ...
... wenn das Liebespaar die Flucht ergreift.
Dich doch auch, hab ich recht?

Senpai hat sich verändert.
Um den Menschen für immer als »das Model Eichi Shimizu« im Gedächtnis zu bleiben ...
... nimmt er meine Hilfe an.
Er ist jetzt lebhafter und erregt Aufsehen.
Um sich so vielen Leuten wie möglich einzuprägen ...
... lebt er wagemutig und so schrill wie er will.
Und das ...
... haben wir beide gemeinsam beschlossen.
Ende

Die Siegerkrone des ersten Gem-Collection-Contests ...
In dem Augenblick dachte ich ...
... geht an ...
... »Es gibt also auch Momente, in denen selbst er eiskalte Hände bekommt.«
FRÖSTEL
Als mir klar wurde, dass er wahnsinnige Angst vor diesem Moment hatte ...
... konnte ich augenblicklich ...
... nur noch daran denken, wie sehr ich ihn liebe.

Mein Vater hat gefragt, ob wir nachher mit ihm essen gehen. Was meinst du?
Es kommen auch einige VIPs.
...
Senpai?
Sag mal, Akino ...
Er hat meinen Vornamen benutzt ...
... was wünschst du dir als Belohnung dafür ...
... dass du uns den Sieg geholt hast?
WISCH
Menno ...
Ist es nicht unfair, wenn du mich das fragst?
MURMEL
Ich wollte dich auffordern, dich mir hinzugeben.
MURMEL
Ich wollte so schnell wie möglich seine Leidenschaft spüren, bevor die Erregung sich wieder legt.
Wir haben die vielen neugierigen Blicke ignoriert ...
... und sind in ein Taxi gestiegen, um schnellstmöglich nach Hause zu kommen.

W ...
I ...
Ich glaub's nicht ...
KNARR
Hah ...
Hah ...
KNARR
Das ist zu schön, um wahr zu sein ...
Wie geil ...!
Wer meinte denn, dass er mir beim Masturbieren zusehen will?
Hah ...
Hah ...
WUPP
WUPP
Das war ich!
Das hab ich gesagt ...
... aber ich hätte doch nicht gedacht, dass du das wirklich ...
GUTSCH
GUTSCH
GUTSCH
GUTSCH
GUTSCH
Ich wusste es ja ...
ZUCK
ZUCK
Er ist unglaublich heiß!

STREICH
?
KNARR
Hach ...
Streck die Zunge raus!
Na los!
Hä?
Warum?
Mach einfach!
Ew ...?
ZIEH
Hä?
SABBER
...!
TROPF
HUST
TROPF
TROPF
HUST
WUSCHEL
WUSCHEL
uh ...
Hah ...
Du sabberst ja wie ein Hund.
GLITSCH

Hah ...
RASCHEL
Hah ...
Hah /...
Hah ...
KNARR
!
Hah ...
Hah ...
In der Highschool hab ich dich doch mal dazu gedrängt, vor mir zu masturbieren.
GLITSCH
FLUTSCH
GUTSCH
Hah....
KNARR
Ich dachte, du würdest von einem Schwulen angewidert sein und nichts mehr mit mir zu tun haben wollen.
Hah ...
SCHAUDER
Mh ...
KNARR
Als du es tatsächlich gemacht hast, war ich erst mal total erschrocken.
Aber ...
Mh ...
GUTSCH
... ich habe mich gefreut ...
... dass du dich für mich dazu herabgelassen hast.

Hah ...!
FLOMP
Hah ...!
Hah ...!
...!
STRIP
Hah ...
Klar mache ich das.
Wenn mich die Person, die ich nicht mehr aus dem Kopf kriege, darum bit-tet ...
Hah ...
... dann will ich doch auch sehen ...
Hah ...
... was sie dabei für ein Gesicht macht ...
PACK
DRÜCK
...!
... und wie sie darauf reagiert.
FLUTSCH

Reib ihn nicht nur dran!
Mh ...
FLUTSCH
FLUTSCH
BATSCH
Hah ...
Hah ...
Mh ...
Steck ihn endlich rein!
Mh ...
Heute ...
Hah ...
Hah ...
... werde ich ganz ...
... sanft sein, ja?
STOPP
BABUMM
BABUMM
STOSS
...!!

Eichi, die Stelle hier magst du besonders, stimmt's?
Das weiß ich. ♥
Hn ...
Uh ...
Ah ...
GLITSCH
Ah!
GUTSCH
GUTSCH
GUTSCH
Nein ...!
Red keinen Mist!
Nicht da!
Des-halb ...
... heb ich mir das für später auf.
GUTSCH
WUSCHEL
Okay? ♥
Hn ...
Uh ...
SPRRZ
!!
ZUCK
PAMM

Hah ...
Hah-
Hah ...
...
Schließ-lich habe ich dich im-mer beob-achtet.
Aber es stimmt doch.
ZUCK
Hah ...
Hah ...
Rede nicht so ...
... als würdest du mich besser kennen als ich mich selbst!
Hah ...
ZUCK
Hah ...
Wenn ich ein alter Mann bin ... ein Opa ...
... meinen Reiz als Mo-del ... und über-haupt ... ver-loren habe ...
... und sich nie-mand mehr an mich er-innert ...
... bin ich dann ...
WUSCHEL
... immer noch gut genug für dich?
...

Dafür zu sorgen, dass dein Reiz erhalten bleibt, ist doch mein ganzer Lebensinhalt ...
... deshalb ist das eine dumme Frage.
Was für ein alberner Lebensinhalt ...
Ah ...
Ich habe dich ...
... also auch die ganze Zeit ...
... gebraucht.
Ende